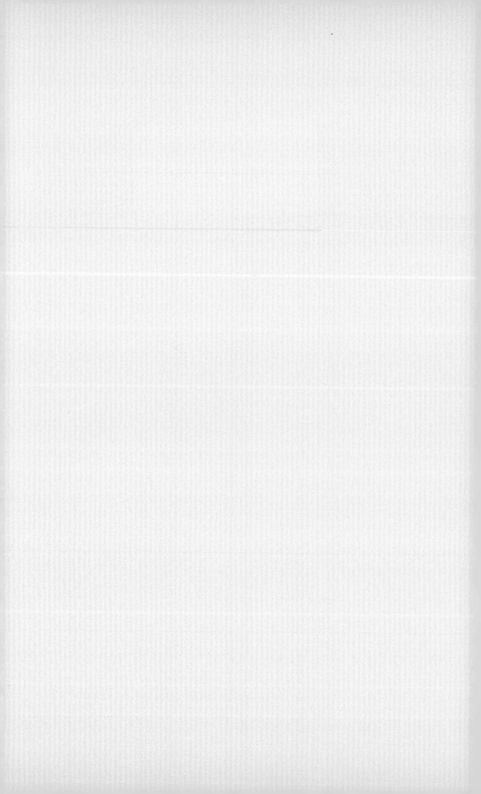

엘리트 시선 39

엄마의 웨딩드레스

안순식 시집

엘리트출판사

이 도서의 국립중앙도서관 출판예정도서목록(CIP)은
서지정보유통지원시스템 홈페이지(http://seoji.nl.go.kr)와
국가자료종합목록 구축시스템(http://kolis-net.nl.go.kr)에서 이용하실 수
있습니다. (CIP제어번호 : CIP2020050452)

엄마의
웨딩드레스

안순식 시집

엘리트출판사

다작(多作)으로 삶의 이정표 역할을

가을을 기다리기라도 한 듯 우리 집 앞 현관에 은행잎이 샛노랗게 물든 날, 그이는 시집을 내라고 한다. 꼭꼭 숨어있던 꿈 하나가 분수대 물줄기처럼 솟구쳐 오른다. 공부하는 것을 무척 좋아하다 보니 학생의 의무처럼 묵묵히 문학 수업에 전념하여 글이 쌓였다.

학창 시절 친구들이 붙여준 별명은 문학소녀, 엉터리 시인이라고 하였다. 한글날, 스승의 날 기념행사에 장원하여 전교생 앞에서 낭독하였고 교외 글짓기 대회에 출전하였다. 그 후 글이 뭔지도 모른 채 지나온 세월 지역 신문을 보고 무엇에 홀린 듯 창작교실 문을 두드렸다. 등록을 마치고 어릴 때 설빔 입는 설렘으로 기다렸다.

늦깎이로 시작한 문학 공부 이른 아침 한 시간 전철을 타고 뚜벅뚜벅 또 걸어서 그동안 부모님 기일을 빼고는 결석 한번 않고 개근상을 받았다. 고향을 노래하고 시시때때로 변하는 계절을 노래하고 삶을 녹여내어 사람들에게 위안이 될 수 있는 글이 되었으면 하는 바람으로 글을 썼다.

딱딱한 문법을 때로는 즐겁고 능란하게 구사해주시는 강의로 한 자 한 자 쉽게 깨우쳐 주신 장현경 평론가님께 감사드립니다. 밤낮으로 아름다운 책을 만들어 주시는 국장님에게도 감사합니다. 항상 웃음꽃 나누며 공부하는 문우님들 즐거웠습니다. 나의 사랑하는 가족과 친지, 이웃에게 고마운 마음 전하며 청계문학의 무궁한 발전을 기원합니다.

2020년 가을
청계 사랑방에서

초선(初散) 안 순 식

엄마는 나의 스승

지난 시절 돌아보면 낮은 책상에서 글을 쓰는 엄마의 뒷모습이 따뜻한 기억으로 남아 있다. 본격적으로 글을 쓰시게 되면서 나의 세대를 넘어 우리 아이들에게도 글 쓰는 할머니로 대물림되는 기억이 고맙다.

그동안의 가족들에게 보내주신 글을 읽으며 엄마 글이 가진 매력들을 종종 생각하곤 했다. 엄마의 글은 생활밀착기록형이다. 우리 세대가 잘 모르는 예전의 생활상이라든지, 본인이 지나온 삶의 모습들을 짧은 글 안에 담아놓았다. 글을 통해 내가 몰랐던 엄마를 발견하면서 '엄마 안순식'이 아니라 '인간 안순식', '여자 안순식'을 알게 되는 순간들이 있다. 아마 그건 엄마와 가깝다고 생각했지만 실은 그렇지 못했음을, 하지만 삶을 공유했던 순간이 있었기에 더 잘 이해되지 않았나 싶다.

엄마의 글은 입말이 가지고 있는 재미를 느낄 수 있다. 경상도 사투리, 의성어, 의태어 등을 평소에 말하는 대로 적절하게 잘

활용한 엄마의 글은 읽다가 보면, 흥얼흥얼 가락이 생기기도 했다. 유독 잘 흥얼거리게 되는 글은 아이들과 같이 읽기도 했는데 난 그런 엄마의 글이 참 재미있고 신선했다. 엄마의 글은 본인의 배움을 그대로 담고 있다. 글쓰기 공부든, 불교 공부든 엄마가 배운 내용은 엄마의 글쓰기로 자연스레, 꾸준히 표현되었다. 이 부분은 젊은 나도 참 부럽기도, 본받고 싶은 점이기도 하다.

  엄마가 하나씩 공유해주시던 글들이 모여 책 한 권으로 꾸려지니 우리 엄마 참 대단하시다는 생각을 했다. 세상 살면서 내 이름 석 자가 박힌 책 한 권 내기가 어디 쉬울까! 핸드폰, 컴퓨터 화면으로 보는 것이 아닌, 활자로 박힌 엄마의 글은 어떤 느낌일지 벌써 기대가 된다. 엄마의 글이 가진 매력을 듬뿍 담고 있기를!

  축하합니다. 안순식 시인님!

딸 이미수 사위 김영주

엄마의 역사

부모님이 나를 낳으신 나이와 비슷한 나이에 도달했다. 부모님 세대와는 다른 삶을 살아 왔다고 생각했지만, 환경이 다를 뿐, 사람이 살아가는 행동양식에는 크게 변화가 없다. 먹고 살기 위해 일을 해야 하고, 그 일을 하기 위해 지식과 체력을 쌓아야 한다. 약간의 나은 삶을 살고 있다 해도, 내가 무엇을 위해서 살아 가는 가에 대한 진지한 고민 없이 흘려보낸 시간은 미래를 위한 양분이 되지 않는다.

우리 부모님은 4남매를 키우면서 30여년은 자식 뒷바라지를 위한 삶을 살아 왔다. 때론 바뀌어가는 가치관에 쫓아오지 못하는 것을 답답하게도 생각 하였으나, 지금에 이르러 본인의 역사를 시로 자아내 세상에 내놓는다는 것은, 어머니의 자취를 다시 한 번 생각하고 미래를 위한 발걸음이 된다는 사실을 깨닫게 하며, 새삼 이 역사(役事)를 해내신 어머니를 존경하게 된다. 요새 힙합에서 랩으로 본인을 증명하듯, 시로 표현한 엄마 자신의 증명이다. 다시 한 번 축하드립니다.

누군가의 어머니로서가 아니라 시인으로서의 출발을 진심으로 축하드리며, 어머니의 분신과도 같은 이 책이 누군가에겐 추억으로, 누군가에겐 교훈으로 다가가길 바랍니다.

아들 이방수

어머님 사랑합니다

　어머니의 시는 가 본 적도 없는 그 동네, 그 시간, 그 사람들 속에 잠시 구경꾼이 되는 생생한 마법을 부립니다.
　누구나, 언제든지 그 곳으로 짧은 여행을 떠날 수 있도록 이 책이 세상에 나오게 된 것을 축하드립니다.
　가족 모두에게 자랑스럽지만, 특히 웨딩드레스의 주인공인 외할머니께서 정말 '대견하고 자랑스러워' 하실 것 같습니다.
　다시 한 번 축하드립니다!

며느리　권미선

사월의 메들리

만물을 낳았다
봄이

어머머, 요것 봐라. 꽃망울
어머나, 여기도

고목에도 움이 나왔어
웬일이야

사방팔방 무지갯빛 산야에서
들려오는 메들리 합창

연속 한 달간 절정일 게다.

시인의 말: 다작(多作)으로 삶의 이정표 역할을   04

축하의 글: 엄마는 나의 스승   06

축하의 글: 엄마의 역사   08

여는 시: 사월의 메들리   10

평론: 일상에서 캐는 축복의 抒情 詩學 (張鉉景 문학평론가)   129

제1부   꽃길 편지

오월 ··· 18

야속한 봄날 ··· 19

쑥 내기 ··· 20

봄날의 합창 ··· 21

찔레꽃 ··· 22

꽃샘추위 ··· 23

봄바람 피울 거야 ··· 24

이끼 천국 ··· 26

노란색 작은 풀꽃 ··· 27

꽃길 편지 ··· 28

고향의 봄 ··· 30

목화밭 ··· 31

반가운 소식 ⋯ 32

제2부 선대(先代)의 나라 걱정

엄마의 웨딩드레스 ⋯ 34

내 고향 영수당 ⋯ 36

선대(先代)의 나라 걱정 ⋯ 37

안면도 1 - 모래 언덕 ⋯ 38

안면도 2 - 바람이 꾸민 갯벌 ⋯ 40

안면도 3 - 저 너머엔 또 무엇이 ⋯ 41

안면도 4 - 꽃지 해변에서 일어 난 일 ⋯ 43

안면도 5 - 숲속 강의 ⋯ 45

와룡산의 외등 ⋯ 47

퇴장하는 여름 ⋯ 49

여전히 꽃은 피고 새는 운다 ⋯ 50

감꽃이 떨어진다 ⋯ 52

비가 와서 좋은 날 ⋯ 53

능소화 사랑 ⋯ 55

우리 이랬으면 ⋯ 56

뒷동산 망 개울 ⋯ 58

제3부   가을이 자꾸만

앵두나무 집 새댁 ⋯ 60

앵두나무 집 처녀 ⋯ 62

성하에 꿈을 싣고 ⋯ 64

새들도 우리 같이 1 - 까치 부부 ⋯ 65

새들도 우리와 같이 2 - 달그락 콕콕 ⋯ 66

새들도 우리와 같이 3 - 제비집 보수 ⋯ 67

새들도 우리와 같이 4 - 종다리 노랫소리 ⋯ 68

새들도 우리와 같이 5 - 참새는 어디로 가나 ⋯ 70

가을이 자꾸만 1 - 내일은 또 어디로 ⋯ 71

가을이 자꾸만 2 - 고개 숙인 꽃밭 ⋯ 73

가을이 자꾸만 3 - 고향을 간다기에 ⋯ 74

가을이 자꾸만 4 - 산도 깊고 물도 깊더라 ⋯ 75

가을이 자꾸만 5 - 가을 빗소리 ⋯ 76

가을이 자꾸만 6 - 바람이 불 때마다 나뭇잎이 ⋯ 77

가을이 자꾸만 7 - 생각하는 가을 ⋯ 79

가을이 자꾸만 8 - 허수아비 발이 시린 계절 ⋯ 81

가을이 자꾸만 9 - 건들바람도, 참 ⋯ 82

제4부 엄마의 다듬이 소리

어머니는 신이다 ··· 84

내 이름 ··· 86

엄마의 다듬이 소리 ··· 87

딴판이 할배 ··· 88

늦은 밤 달빛 아래서 ··· 90

감나무에 희망 가득 ··· 91

별난 동창회 ··· 92

이팝꽃 하얀 밤 ··· 94

비와 함께 ··· 95

달 달 무슨 달 ··· 96

트랄라라 노래 부르며 ··· 98

내 세 손가락으로 ··· 99

웃음꽃 내리는 밤 ··· 101

그때가 그립다 ··· 102

우리는 친구 ··· 104

가보 1호 ··· 106

땅끝 마을 저녁 풍경 ··· 108

제5부   괜스레 고마운 날인가 싶더니

행복은 ⋯ 110

옥상에서 ⋯ 111

가재울 물길 따라 ⋯ 112

하품 ⋯ 113

괜스레 고마운 날인가 싶더니 ⋯ 114

수은등과 나뭇잎 ⋯ 116

다인 보살 ⋯ 117

연꽃처럼 ⋯ 118

별 다방 미스 리 ⋯ 119

산사 음악회 ⋯ 120

내 보라고 쓰였나 ⋯ 121

산사의 초저녁 ⋯ 122

겨울 산행 ⋯ 123

태양은 매일 뜬다 ⋯ 124

거리는 멀어도 마음만은 ⋯ 125

그대 아는가 ⋯ 126

때로는 ⋯ 128

제1부

꽃길 편지

복사꽃 배꽃이 함께 어우러져
조금 옅게 조금 짙게
한 폭의 수채화

오월

오월은 여왕의 계절
일렁일렁 넘실넘실
파도 타며 춤추는 여왕

펄쩍펄쩍 가지 타고 노는
새들의 푸른 노래

조급함에 땀 흘린
나그네 손짓하며
연정을 싹 틔우네

푸른 파라솔 가려놓고
다가오는 땡볕
여름마저도 설레어 온다

성숙해진 오월의 숲이
유혹하는 그 감미로운 사랑

또 하나의 그대 이름은
신록의 계절.

야속한 봄날

벙긋 화르르 방실
인사하자마자
사라지는 봄

먼 산 아지랑이
고물고물 손짓하더니

벌써 4월의 끝자락
봄날이 서럽다.

쑥 내기

아지랑이 아롱다롱
봄바람이 살랑살랑
우리를 불러낸다

누가 많이 뜯나
쑥 내기를 한다

개구쟁이 친구가 쑥을 훔치면
훔친 쑥을 재빠르게
내가 가진다

행여나 눈치챌까
가슴이 콩닥
햇빛이 참다못해
일러버렸다.

봄날의 합창

벌써 노래하며 내리는
연분홍 벚꽃잎
꿀 같은 단비 맞고
기어코 목련도 꽃망울 터트린다

여기저기에서
분주히 올라오는
꽃들의 톡톡
기지개 켜는 소리

한낮을 채워 주던
뻐꾸기 쉰 목소리가
어스름 저녁을 적시는
빗줄기와 함께
이슥한 밤을 재촉하는 가냘픈 소리

봄날은 창가에다
향기를 실어다 놓고 합주를 한다

연달아 인사할
연둣빛의 미소가 하늘거린다.

찔레꽃

찔레꽃이 피면
살짝이 다가오는 쌉싸름한
추억의 향기

산기슭 한적한 고랑가
가시덤불 속 하얀 미소

밤에는 소쩍새 슬픈 소리
낮에는 솔바람 소리 들으며
산책길 밝혀주는 찔레꽃

달짝지근한 찔레순
배고픈 날 따 먹으며
찔레꽃 노래 부르던 옛날

봄바람이 남실남실
찔레꽃 향기 실어 나른다.

꽃샘추위

바람이 불 때마다
조마했던 마음
어째 잘 갔나 했더니

눈부신 벚꽃 순백의 목련을
앙큼하게 남겨놓은 상처

잊은 듯 무심하게
지내면 될 테지

넉장거리로 몰고 온
생뚱한 시샘
잔인한 돌풍까지 동반

라일락 모란은 어떡하라고
파르르 떨고 있는 연둣빛 꽃잎

내일은 더 춥다는데
저걸 어떡해.

봄바람 피울 거야

봄은 속살을
드러내려고 하는데
이렇게 어수선할 줄이야

너무 이른 소식은
진해 군항제도 취소
그래도 벚꽃은 필 텐데

변하는 게 우리네 인생
더는 구부러질 수는 없다

긴 겨울 벗어나
목 빠져라. 기다렸던
봄바람은 피워야지

한동안 이어지는 바이러스
며칠 쌀쌀한 날씨 탓으로 두문불출
아무것도 보이지 않던 창밖에

손톱만 한 산수유가
노란 매니큐어 칠하고
봄맞이 짜잔 하며
노란 붓으로 희망을 쓴다.

이끼 천국

초록 요정들이 살다 갔나
진흙 위의 벨벳 이끼

바람에 사르르 물결이 일어
군데군데 맑은 웅덩이

흰 파도가 밀려오면
사람들이 웅성웅성

보드라운 융단 위에
봄빛은 축복 되어 내려앉고

행복의 나래로 폴폴 거리는
작달막한 하얀 새

햇빛이 광활하게 비친다는
광치기 해변의 이끼 천국

봄바람도 살랑살랑.

노란색 작은 풀꽃

어젯밤 또 실수하여
엄마 얼굴 찌푸려서

나와 버린
노란색 작은 풀꽃

살랑대는 봄바람
금빛 햇살 안고

우리 춤이나 실컷 추자
아장아장 노랑 춤

엇박자라도 좋아
앙증맞게 추자꾸나.

꽃길 편지

네 시간 동안 달리는
경부고속도로 주변
산 벚꽃이 눈 내린 듯 눈부시다

복사꽃 배꽃이 함께 어우러져
조금 옅게 조금 짙게
한 폭의 수채화

어머님 선(善)하셔서
바람결에 봄 꽃향기 앞세워
아롱대는 아지랑이 타고
사월에 가셨다

따로 날 받아
꽃놀이가 아니라도
해마다 사월이면
관광 가는 기분으로
꽃길 따라 기일 맞이 간다

포근한 날씨에 해도 길어
일하기 좋아서
음식 장만 여유롭고

어머니 천상(天上) 여행
날 받아서 가셨을까
따스한 그 덕성에
또 한 번 호강합니다.

고향의 봄

망 개울 너머
뭉게구름 흘러오고
살랑거리는 봄바람에
꼬물거리는 아지랑이

여전히 경쾌한 종달새 노래
멀리서 한낮의 암탉이
호들갑 떨며 알 낳는 소리

산그늘 내려앉는 동산 아래
살가운 햇살
새롭게 다가오는
영수당 재실의 의연함에
떠오르는 선대의 얼굴들

고스란히 느껴지는 고향의 봄은
예로부터 어머니의 포근한 얼굴

빈집 지키는 동백나무에
온몸을 기대어 그리움을 전한다.

목화밭

어스름 저녁 길 밝힌
몽환 속의 흰 구름 꽃

못 본 지 수십 년 되어
가슴이 뭉클
행여 아닐까

조심스레 만져보니
무명실 두 줄에 묶이어
꽃잎 모양 몽실몽실

싱긋 웃는 약방 아가씨
여문 그 솜씨
내 푸른 시절의 저 모습

엄마의 목화밭.

반가운 소식

어디 소통뿐인가
둥글둥글 모나지 않은
나무집 지어
새끼까지 낳았다

밑으로 굽어보며
세상사 온갖 잡음을
인간 세상살이니
전혀 걱정 않으려 깍깍
아니, 이대로는 안 되지

까아악
갑자기 휘리릭 조급한 마음

누굴 만나 매듭 푸는지
행여 반가운 소식이라도
내일 아침을 기다린다

까치가 울면
반가운 소식 온다지.

제2부

선대(先代)의 나라 걱정

아니 자식이 많아야 봉이 나고
학도 나지 아들 없으면 어떠며
딸 좀 많으면 어쩌랴?

엄마의 웨딩드레스

밀양골길 양반가
막내딸은
수발드는 아이와
비단 활옷 맞춰 입고
가마 타고 시집온
십칠 세 우리 엄마

우와
중전마마가 입는 대례복을
현대를 사는 이 딸보다
더 화려한 결혼식
타임머신 타고 가 보았으면

세월은 애지중지
꽃길만은 아니기에
층층시하 큰살림에
분주한 날들
누구나 그 시대는 시련의 시절

청춘은 노을 속으로
수없이 흘러
엄마가 떠나는 날
활옷 입혀 보낸 오빠의 효심

아무래도 난
웨딩드레스라 부르고 싶다

문양에 새긴 한 땀 한 땀은
핸드메이드
고고한 학의 자태 봉황의 날개

꽃 중의 꽃 모란꽃이 풍성하여
모란이 몹시 하늘거리는 오월에
웨딩드레스 입고
엄마가 떠나간다.

내 고향 영수당
-추억 만난 골목길

동네 한 바퀴를 돈다
한 집 건너 일가친척
상추와 머위를 뜯으며
모두 이야기꽃을 피운다

추억 만난 골목길
멀리 어른들 헛기침 소리에도
피우던 담배를 내동댕이치고
예를 갖추던 젊은이들

밤이면 달빛 아래
처녀와 총각 기타 치며 노래하고
영화 구경하고 늦은 밤 서리해서 먹고
밤마실의 향연

도란도란 밤새워도 모자랄
우리의 옛이야기가
꽃향기 가득한 사월에.

선대(先代)의 나라 걱정

적게 낳아 잘 기르자
하나 딸, 열 아들 안 부럽다
위의(威儀) 가득한 선대의 얼굴을
잔뜩 찌푸리게 한
그 시절 구호들

고약스럽다
저 글을 도대체
누가 지어서 붙였나

아니 자식이 많아야
봉이 나고 학도 나지

아들 없으면 어떠며
딸 좀 많으면 어쩌랴?

줄어드는 인구에
유난히 가슴 조이는 때에
가득해진 식구들
내 눈엔 다 봉이요 학이다.

안면도 1
-모래 언덕

그림 같은 신두리 해안사구는
바람이 쌓아 놓은 모래 언덕
우리나라 천연기념물 제431호

서해 바람은 요술쟁이
때때로 조금씩 파도에 밀려오는
고운 모래 실어다 놓고
물결무늬 새겨 놓았네

나 혹시 두바이로 여행 왔나
포슬포슬 밀가루 위 맨발의 청춘

흐릿해서 좋은 날
종일 구름 뒤에 숨어 버린
해님은 센스 만점

신비스러운 언덕을 담아내는
난 멋진 사진작가

아련히 떠오르는 시상
바람의 언덕에서 꿈꾸어 보는
야심 찬 시화전은 저 너머 언덕까지.

안면도 2
– 바람이 꾸민 갯벌

몹시 아리송한
그림 같은 언덕 저 너머
보존을 위한 금지 구역인데도
단숨에 오르고 싶은 마음

하늘과 맞닿은 모래 언덕은
7월의 구름과 오수에 빠지고

바람은 여전히 서해를 건너와
자근자근 걷는 바른 코스
나무 테크 길을 살랑이며 안내한다

모래땅에 꾸며놓은 갯벌엔
친숙한 솔숲의 향기와 희귀한 식물들
키 작은 억새가 나직이 인사를 하고

한 발자국씩 다가간 그곳에는
거친 해녀들의 숨소리가 들려오는
순비기나무 언덕에
활짝 피어있는 순비기 꽃송이들!

안면도 3

— 저 너머엔 또 무엇이

한순간도 놀지 않으려
반대편에 우리를 데려다 놓고
억새 사이로 빠져나가는 바람

이 너머나 저 너머나 똑같은
초승달 모양의 사구 언덕 아래는
염생 식물들의 서식지

해당화는 벌써 지고
곱디고운 모래 방석 깔고
하품하는 갯메꽃 갯방풍

황금빛 금개구리는
순비기나무 밑에 숨었나
겨울잠 들기 전에 또 한 번 와야지

제주 해녀의 풍진 소리
깊은 숨소리를 내며
모래 언덕을 에우는 순비기나무

사람들은 늘
새로운 이야기를 기다리고
가보지 않은 곳은 가보고 싶기에.

안면도 4
− 꽃지 해변에서 일어난 일

모래를 밟으며 지친 발만
촉촉이 적시려 했는데
끝 간데없는
해변 길만 걸으려 했는데

파도는 그만
물속으로 유혹

그립다
자태 곱던 우리의 푸른 시절
파도 뛰기 얼마 만인가

개울물도 강물도 다 포용하는
가없는 바다에

삶의 무게를 송두리째 맡겨 놓고
촐싹거리는 천둥벌거숭이로 변신

멀리서 바라보는 할미바위 할배바위가

묵은 모놀로그의 재롱잔치에
화들짝 놀라 다가올 듯

자유로운 공상 속의 착각으로
돌아온 젊음을 백사장에 풀어 놓고
싱그러운 풀 향기를 마음껏 발산하는
꽃지 해변의 한나절.

안면도 5
– 숲속 강의

새들은 벌써 도착하여
피아노 치며 노래하고

비둘기는 맨날 저리
슬픈 노래만 하나

나뭇잎도 살랑이며
푸른 천막 가리고

심프슨 부인의 생에 대하여
교재를 마치고
각 시 두 편의 숙제로
이루어진 수업

새들도
바람도
한 반이 되어

지나는 사람들도 잠잠히

오늘은 모두 야외 수업 청강생

야, 상쾌하다
콘크리트 없는 교실에서
자연과 함께하니
머리에 쏙 들어오는 시.

와룡산의 외등

바람도 오지 않는
한낮 뙤약볕에서
기역 목을 뽑아
개선장군처럼 버틴 외등

어둠이 내리면
풍미했던 모습 간 곳 없이
무엇을 잘못했기에
네 것 다 내주고 고개 숙이나

소쩍새가
속울음 같이 삼키며

밤안개 내려앉는
보라 꽃 하얀 꽃 도라지밭에
그리움 같이 젖으며

낮과 밤이 전혀 다르게
노르스름한 불빛 퍼져서

밤이 부드럽건만

외로이 고개 숙여
가슴 저리게 하는지

돌아 돌아서 온 바람도
무욕의 적막에서
고요히 스쳐 지나다
산사를 감싸 안는다.

퇴장하는 여름

자드락 비, 작달비, 무더기 비와, 장대비를
양동이째 있는 대로 쏟아부어 놓고선

요것도 시원치 않아
밉살스러운 태풍까지 몰고 와
풍비박산으로 만든 삶의 터전

입추가 지나도
도대체 갈 생각 않고 머물더니
뒤늦게 꾸물꾸물 퇴장하는 여름

코로나와 겹친 상처와 눈물
우리는 하늘 높이
날을 수 있을 거야

이제는 파란의 여름이 아닌
매년 꿀 비와 약 비, 복 비만 내릴 테니까
수 없는 담금질로 삶의 깊이를 알고 잰다면.

여전히 꽃은 피고 새는 운다

분위기는 어수선해도
계절은 여전히 꽃이 피고
새는 운다

토해내는 꽃들의 짙은 향기에
벌 나비가 훨훨

어쩌다가 짊어진 우리의 숙제는
한차례 지나가겠지
빨간 노을이 지는 산 너머 저쪽에서
조금 머물다가 영영 떠나갈 거야

내일의 태양은 우리에게
아둔한 일상의 허덕임을
초록의 싱그러움으로 채워주고
머뭇거리는 입가엔
웃음꽃을 피우게 한다

오월의 문턱

라일락 나무 아래서
우리의 순수한 코와 입을 흠 하면서

여전히 벌 나비와 노래하고
아름답고 신나는 삶의 여정은
기약 없이 또 흘러가리라.

감꽃이 떨어진다

양지바른 둔덕길에
감꽃이 톡

고향 집 감나무는
그냥 있을까

그 옛날 우리 엄마
반지르르한 장독대

지금은 먼지 낀 뚜껑 위에
널브러져 쌓이겠지

톡톡 감꽃 소리
엄마가 부르는 소리.

비가 와서 좋은 날

삶의 의미
그것은 오직
바쁘게 살아가는 것

세상사 온갖 걱정
내려놓을 수 있는 한낮의 선율

도닥도닥 창문 두드리는
굵은 빗줄기

부딪힘의 경계를
잠시나마 등지고

느슨히 들어앉아
유연하게 혼자 즐길 수 있는
비 오는 날의 행운

유난히 거친 폭우에
마음은 되려

명상으로 고요해져
훈훈한 시간
나만의 꽃을

피울 수 있어서 좋다.

능소화 사랑

불같은 유혹
장미화가 주춤하니

주황 치마 활짝 펴고
속옷 보이는 능소화

높은음자리표 한들한들
그네 타며 바람났네

불타는 노을빛과 사랑 꽃
피워대니
담벼락 무너질까 두렵구나

주황빛 사랑을
야릇하게 반기며
성큼 다가온 뜨거운 칠월

공허한 내 마음에도
이런 사랑 왔으면.

우리 이랬으면

자연이 힘으로 가득 차
씨앗으로부터 꽃이 피고
열매를 맺어가듯
태양도 다시 떠오른다

우리는 가난해진 게 아니라
잠깐 재정적 파산이라 여기면서
자신의 가치를 기억하는 것만으로
부를 향한 출발을 한다

우리의 진정한 힘은
물질적 잔고가 아닌
진실하고 솔직하며
강인한 내면의 힘

이 사실을 잊지 말고
우리는 소중한 존재

누구나 늙어가는 길은 처음
좋아하는 일을 하며
삶의 큰 가치를 발견해가며
쉬엄쉬엄 걸어간다.

뒷동산 망 개울

뒷동산 망 개울은
우리 동네 우물물의 발원지
물맛이 좋아
인물이 좋기로 소문 난 처녀·총각

뒷동산 망 개울은
사시사철 물이 넘쳐
만 개울이라고도 부른다

오르는 길섶에는 망 개가 많아 망 개울
뒷동산 망 개울 너머 북쪽 하늘로
먹구름이 넘어가면 비가 내리고
서쪽 하늘로 흰 구름이 내려오면
날씨가 갠다

뒷동산 망 개울은
구름 보고 일기 예보하는
옛 어른들의 큰 지혜
잘 들어맞는다.

제3부

가을이 자꾸만

잘 다져진 무논에서
가갸거겨 개구리 글 읽는
자연 자생의 소리를 들으며

앵두나무 집 새댁

윗세대도 아닌
우리 시대에 일어 난 일
보내니까 가는 수밖에
그리하여 앵두나무 집 처녀는
선을 본 후 간 크게도
보름 만에 시집을 간다

거기도 뻐꾸기는 울고
장독대 앵두가 익어가는 집
시부모 일가친척의 따뜻한 배려에
더불어 낯설지 않은 생활이 시작

큰 집 사랑채에선 한문을 배우고
집안 풍속을 조금 익혀야만
신혼살림을 마련해주는
풍습이 있어

배움의 향기, 사람의 향기에
친정의 그리움도 잊으며

신랑은 오든지 말든지
앵두나무 한 그루를 독차지한
맹한 새댁의 어설픈 초여름

먹을 사람이 없던 앵두를
먹을 사람이 있어 좋구나
낯선 부엌살림을 반들반들
반찬도 오밀조밀 잘하는구나
칭찬이 자자하던
어른들의 흐뭇한 표정

앵두가 그래 맛이 있느냐
실컷 먹어라
자두도 익고 있다
앵두가 익는 유월이 오면!

앵두나무 집 처녀

앞집에 언니 고모
뒷집 옆집에도 언니 고모
집성촌이면서
타성 집과 어우러져
처녀들 인물 좋기로
소문난 동네

우리 부모 인심 좋아
나눠 먹기 좋아하였고

안마당과 바깥마당 뒤뜰에는
갖가지 유실수와 꽃나무

그중 앵두나무 밑에는
봄이 되면 앵두만큼
탱글탱글한 처녀들의 웃음으로
몸살 나는 앵두나무

뻐꾸기가 그리 울더니

앵두가 익었다
앵두나무 집 처녀는
몇 개나 따 먹을까

내 집 네 집 따로 없이
넘치던 인정
키득거리던
그때가 그립다

할아버지의 흐뭇한
헛기침 소리
서산에 지는
해님의 빨간 미소.

성하에 꿈을 싣고

나뭇가지 타고 웃는
개구쟁이 노란 수세미꽃

담장 너머
이웃집 엿보고 오르는
나팔꽃 도둑

주황색 치마 입고
그네 타고 노는
능소화 여인

길섶 풀밭에서
기지개 켜며 방긋 웃는
연분홍 메꽃 아가씨

성하(盛夏)의 애환 속에서도
미소 지으며
오종종히 키워나가는
여름날의 꿈.

새들도 우리 같이 1
- 까치 부부

우리 집 회나무 가지 위에
까치가 제 키만 한 지푸라기를 물어다가
얼기설기 엮어서 튼실한 집을 완공

간혹 들려오는 부실한 공사보다
비바람에도 까딱없는 둥지

안전한 까치네 집은
햇빛이 잘 비춰 바람이 잘 통하고
대문을 없어 더 편리한 집

쫑긋거리는 새끼들 입에
먹이를 줄 수 있어
참 행복한 까치네 가족.

새들도 우리와 같이 2
- 달그락 콕콕

단단한 회나무에 구멍 파느라
온종일 콕콕
바쁜 딱따구리
모서리 없이 만든 동그란 둥지

옆으로 비스듬히 파낸 기술로
자연스레 지붕이 생겨 비가 와도 안심
오래 버티겠다며 딱딱거린다

낮은 언덕 나무 둥치에서
긴 혀로 벌레를 파내더니
물 건너 산과 들
밭이랑 논두렁 할 것 없이
먹이 구하러 바쁜 일과

동그란 통나무 예쁜 집에서
목만 내밀며 쏠라당
들어갔다가 나왔다가
달그락 딱딱!

새들도 우리와 같이 3

– 제비집 보수

강남서 돌아온 제비는
우리 집 사랑채 처마 밑을
용케도 찾아내어 진흙과 지푸라기로
보수 작업을 시작

할아버지와 나는
제비당반 설치하여
새끼 보호하고
사람과 가까이 한다

제비 새끼 빨간 주둥이 속
시도 때도 없이 먹이 주는
어미와 새끼들은 즐겁기만

수시로 치워야하는 제비 집 청소는
매번 할아버지와 내 몫이고.

새들도 우리와 같이 4
- 종다리 노랫소리

종다리가 소문 듣고 찾아오는
우리 집 신기한 단감나무
동네에서 제일가는 꿀맛

청아하고 명쾌한 소프라노
인사 잘하는 종다리는
단감을 쪼아 먹고

지금 창밖의 무성한
여름 나무에서 들려오는 소리는
추상으로 피어오른 순수함
내 스무 살 무렵 가을 노래

슬그머니 찾아와 버린 어설픈 나이
새소리와 하늘을 가로지르고 싶은
오늘은 메아리 합창 날

내게 주어진 소프라노는
그때를 떠나지 않으리
우리 집 사랑채 단감나무에
청아한 종달새 소리 같이.

새들도 우리와 같이 5
– 참새는 어디로 가나

마당에 널어놓은 알곡을
온종일 촐싹대며 먹어 치우는 참새
장대에 쫓기다가 요리조리 또 쪼아댄다

쫓던 장대는 미끄러져 가고
졸다가 던져버린 책에
사방으로 튕겨 난 곡식

비가 오면 참새는 어디로 가나
집 틈바구니를 이용해
마른풀을 깔아 둥지를 튼다

귓전에 들리지 않던 사소함
그 예전 눈에 보이지 않던 여백을
가득 채워 주려는 듯

방금 들려오는 새들의 아침 인사는
고향 집 마당을 물고 온 소리 같아
새록새록 피어나는 새들과의 추억.

가을이 자꾸만 1
– 내일은 또 어디로

자꾸만 친구 하자고
솔솔 불러내는 가을

코스모스 춤 솜씨 자랑하며
하늘하늘 같이 추자고 하고

하늘은 금방 청소를 끝냈는지
더 푸른 소반에 뭉게구름 둥실 담고
반쯤 베어 먹은 솜사탕 구름도 담아
자꾸만 권하며 따라온다

조롱박 터널에선 조롱박이 여물고
논두렁 콩잎은 반쯤 물들어 가고
밭두렁엔 누렁덩이 호박 퍼질러 앉아
대추는 뺀질뺀질, 들판엔 황금 벼

느닷없이 산에서 부르는 소리
산새가 쉬어 가라고 재촉하네
토종밤은 톡톡, 다람쥐가 폴짝

자꾸만 간질이는 가을 친구가
솔솔 불어 넣는 귓속말
내일의 스케치 장소는
가재울 길을 걸어 보자는데.

가을이 자꾸만 2
– 고개 숙인 꽃밭

지나간 것은 그리운 것
살랑 다가와
의논하는 바람
가재울 길은 미처
갈 새도 없이

며칠 전 보았던
그 꽃밭으로 가네

아직 여름이 묻어나고
한낮에 부서져 내리는
햇빛은 있지만

한여름 미소 짓던 꽃들이
다소곳이 고개 숙여

인제 그만
가을바람에 그리움을 전하니
코끝이 찡.

가을이 자꾸만 3
- 고향을 간다기에

귀뚜라미 소리는
점점 더 높아만 가고

몸은 멀리 있어도 마음은 바로 옆에
철수와 영희가 뭉쳐
콧바람 쐬러 고향에 간다기에
덩달아 가을바람에
가재울 길을 천천히 걸으면서
고향 이야기 듣는다

망 개울 구름 이야기
가을이면 내 고향 특산물은
노을빛에 물이 들어 온통 오렌지빛 단감

지금쯤은 푸석거리는 생풀 냄새
들국화 향기 가득하고

그 옛날 아버지 백일홍 타령도
이맘때면 끝이 날 무렵일걸!

가을이 자꾸만 4
- 산도 깊고 물도 깊더라

우리가 사는 이유가 뭔데
봄에는 꽃이 부르면 씨앗을 뿌리고
여름엔 초록이 부르면
영글어 가는 열매를 보고
가을엔 꽃잎만큼 예쁜 단풍을 즐기며
농익은 과일을 먹고

징검다리를 놓은 구월과 시월에 서서
어찌 요 앞에서만 서성거리는가
기약 없는 코로나에 답답하기만

오늘은 배낭을 메고 용기를 내어
선들바람과 조금 더 먼 길을 걷는데

여전히 가을은 익어 가고
내 마음도 조금씩 익어 가는지

강둑을 지나서 산마루에 이르니
산도 깊고 물도 깊더라.

가을이 자꾸만 5
- 가을 빗소리

토닥토닥 가을 빗소리가
나를 잠시 멈추게 한다

창문 캔버스엔 보석같이
물 머금은 투명한 홍시
소쿠리에 담고 싶은 달콤함
새들은 노래하며 쪼아 댄다

작년에 말린 노란 국화차
쌉싸름한 향기를 마시며

시냅스처럼 오가는 남은 가을
자꾸만 성숙해 가는 이 계절에
차를 끓여 우려내며 글을 남긴다

선들바람도 소식 들었겠지
오늘은 비가 온다고
방안에 머물며 그윽이 그려내는
이렇게 아름다운 가을을 말이야!

가을이 자꾸만 6
– 바람이 불 때마다 나뭇잎이

종종 달음박질 걸음보다는
느릿느릿 팔자걸음으로 걷는
가을 길은 마냥 상큼하기만

한여름을 식혀주던 나뭇잎이
선들바람에 나부끼며
조금씩 다르게 다가온다

연초록 잎도 꽃처럼 예뻤는데
애꿎은 봄을 사이에 두고
애간장 태운 날이 있었으니

내 기막힌 단심인가
이번엔 제대로 볼 수 있도록
미리 선정해놓은 붉은 사랑
이 가을 최고 인기 작품으로

파란 옷 살살 벗고
붉은 속살 드러낼 무대

시나브로 그날을 기다리리

저기 울타리에 매달린 탱자만큼이나
노란 은행잎 고운 모습이
제일 먼저 등장하겠지.

가을이 자꾸만 7
- 생각하는 가을

가을은 점점 더 분명해지고
누군가와 함께하고 싶은 계절
속 깊은 얘기 털어놔도
가볍지 않을 시월의 들판

메뚜기는 보이지 않고
논두렁서 간혹 들려오는
풀벌레 소리만 찌르르

로댕과 단테는 어디서
고뇌하고 생각했을까

잘 다져진 무논에서
가갸거겨 개구리 글 읽는
자연 자생의 소리를 들으며

가꾸는 사람의 정성
바람 비 햇빛 허수아비 사랑으로
알차게 익어서 고개 숙일 줄 아는

벼의 겸손함

세상사 이렇지만 않기에
가야 할 길 남았어도 천천히 쉬어 간다
시시비비 일어나는 일들을 생각하고
벼를 보면서.

가을이 자꾸만 8
– 허수아비 발이 시린 계절

가을비는 빗자루도 피해 간다지
고개를 조금 숙여서 울던지
허수아비 왕방울 눈에 눈물이 범벅

한여름 뙤약볕이라도
여물어 가는 알곡 바라보며
지켜주던 그때가 좋았는데

하나둘씩 베어져 쓸쓸해진 들판
초저녁 조각달은 아는 체도 않는데
이것이 내 한철 살아온 모습이라고

땅거미 축축이 내린 어스름 들녘에
흔들어 대는 꾀죄죄한 소매 사이로
가느다란 양팔이 애처롭다

차가운 바람이 휑하고 불 때마다
우수수 나뭇잎이 자꾸만 떨어지고
가을은 점점 멀어지기만.

가을이 자꾸만 9
– 건들바람도, 참

가을이
성큼 방문하여
말끔해진 기분

지붕 위 붉은 고추
발그레한 대추 볼

건들바람이 내일
갈대밭과 억새밭에 갈 땐

대추처럼 꼭
연지곤지 찍고 나오라 하네

건들바람 엄청 마음에 들어
시키는 대로 하긴 하겠지만

곤지까지 찍기는
그건 좀 그렇다
참!

제4부

엄마의 다듬이 소리

홍두깨야 망두깨야
똑딱똑딱 정겨운 소리
엄마의 밤이 따뜻하다.

어머니는 신이다

세상을 울리고 웃기는 글
그것은 시인의 위력

늙은 어머니의 발톱을 깎아드리며
어느 시인의 글을 보냈더니

'아이고, 왜 이렇게 눈물이 나누' 하는 사람
늦은 밤 식구들 눈치 보며
눈물 콧물 범벅이 된 사람

어머니라는 이름만 들어도
콧등 찡하고 먹먹한 우리의 가슴
오늘은 모두 신을 만나는 날

포근한 미소를 본다
따뜻한 밥상을 받는다

희미한 등잔불 아래
두루마기 하얀 동정을 달아

인두질하는 엄마에게
답답한 가슴도 내밀어 본다

먼먼 그곳에선 터진 손으로
발톱 깎을 일은 없겠지

반짝반짝 비추며
내려다보는 어머니의 별.

내 이름

할머니가 부르는
내 이름은 여러 개다

남에게 소개할 때는
공주라 하고

심부름시킬 때는
똑순이라 하고

아파서 눕는 날은
강아지라 부르다가

공부를 잘할 때는
박사라고 부른다

따라쟁이 내 동생은
예쁘게 따라 한다.

엄마의 다듬이 소리

밤바람이
둥근달에 실어 나르는
엄마의 1/4박자
청아한 다듬이 소리

고단한 하품 소리는
별들에 실어 나른다

보름달만큼
풍성한 무명
모시옷에 이불 홑청

광택 나는 촉감은
다림질한 만큼 반드러워져
별빛처럼 빛난다

홍두깨야 망두깨야
똑딱똑딱 정겨운 소리
엄마의 밤이 따뜻하다.

딴판이 할배

"딴판이 할배,
엄마가 이것 갖다 드리라 하던데예"
마당을 쓸던 할배가
싸리비로 내 엉덩이를 내려친다

"왜 때리는데 할배, 니는 문디 할배다
이제 너거 집에 오는가 봐라"

나는 혀를 낼름거리며
대문 앞 개울물을 마구 뿌린다

할배는 왕방울 눈으로 혀를 차면서
"요놈의 자슥이 끝까지 쫑쫑거리네"
땅 꺼지는 발걸음으로 집으로 왔다

"엄마, 할배가 맛난 것 드렸는데도 때렸어
이제부터는 친척들이 주는 것도
내가 다 뺏고 심부름 안 할끼다"

엄마는
"야야, 혹시 딴판이 할배라고 불렀제
아이구, 내가 참 이 일을 우짜겠노 맞아도 싸다"

사랑방에 우리 할배가 웃으며 오라 하신다
딴판이는 택호가 아니란다
할배가 장가를 들지 않고 고생을 하니까
어른들끼리 부르는 별명이란다
이제부터 '골짝 할배'라 부르거라

그라고 보니 할매가 없네
그런 할배가 불쌍해진다.

늦은 밤 달빛 아래서

가을바람에 하늘거리는
들꽃들의 속삭임

강하면 강한 대로
들꽃처럼
사람도 자연스럽게
드러날 수 있는 사람

달빛에 눈 부신
흐트러짐 없는
본연의 가치

추석 때 덩그러니 뜬 달처럼
나에 대해
본질을 잃지 않으면
절대 싫지 않은 내가 된다

너무도 명백한 진상이
달빛 속으로 빠져드는 밤.

감나무에 희망 가득

창밖에 쪼글쪼글
겨울 나는 감

서리 맞고 눈 맞아
단맛이 진할 텐데
통 오지 않는 까치들

먹거리 풍부한 우리네 같이
까치도 이러할까
풍요롭고 말고

쟁여 둘 수 있는 여유
살아있는 생명이
모두 이랬으면

감나무에 달린 희망
한겨울
저녁노을의 투명한 까치밥.

별난 동창회

야, 어디로
이번엔 고향 아니면 베트남
먼저 고향을 정하는
통 큰 친구의 차 한 대 대절

선생님 모시고 추억을 실어 오월을 달린다
깔깔거리는 웃음에 몸살 나는 고속도로

벌써 여기저기서 야단법석
아유, 너는 그대로네
너는 지나가면 모르겠어

늦게 도착한 친구 선생님께 얘는 누구야
기억 안 나 하는 소리에 박장대소

고향의 부모를 위해 잘 지은 집
노래방을 마련한 대청마루에서
지새는 하얀 밤

몇몇 소꿉친구들은 밤마실을 모의
장소는 먼저 달 밝은 저수지 둑
골목길을 누비고 빈집도 가본다

고향의 밤을 흔들어 놓은 노랫소리
수년이 지난 지금도 가슴 벅차
그날의 동창회가 무척 그립다.

이팝꽃 하얀 밤

긴긴 보릿고개 시절
소복이 차려진 들판에
배고파 찾았던 쌀밥나무

둥실 뜬 보름달처럼
이제는 속 찬 우리의 삶

얼마나 걸었을까
훈풍에 폴폴 피어오르는 향기

모락모락 김이 나는 산야에
풀죽새 울음소리 들려오니
밤은 여전히 허기져 흐른다.

비와 함께

억수 만수로 비가 온다
느끼고 보이는 만상들은 굵은
빗줄기 따라 차분히 가라앉고

아무짝에 필요 없는
원숭이 같이 어지러운
그런 마음도 사라지고

한 아름 고요에 머물면
걸림돌도 디딤돌이 되어
비 오는 날은 나만의 힐링

이데아로 가는 최고
내 친구는 비가 오는 날.

달 달 무슨 달

윙크 한 번 하는데
한 달 걸려

내 푸른 시절 유행하던
가늘고 동그란 눈썹달

물 튕기며 멋 부리던
내 손톱 달

하얀 칼라 세우고
샐쭉거리던 달

수줍어
입꼬리 살짝 올라간 달

낫처럼 시퍼런 달

나와 함께 빙그레 웃다가
소나무 가지 뒤로

야위어 숨는 하회탈

어디서 얼마나 버텼는지
달은 어느새 그득히 비추며
모자람이 없는 밤

완전한 보름달이
나와 함께 걷는다.

트랄라라 노래 부르며

자꾸만
멀어져 가는 가을
해는 저물고
바람이 세찬 날

현관문을 열자마자
새빨간 단풍잎 하나
쏙 방문

떠나기 싫겠지
가을 타는 내 심정같이

이번엔 노란 단풍을
초대하러 나서 봐야지
긴 겨울 벽에 걸어 둘 가을

요리조리 노랑 빨강
갈색을 주워 담으며
트랄라라 노래 부른다.

내 세 손가락으로

눈을 살핀다
가랑가랑 눈물 흐를 듯 말 듯
한 움큼 눈물을 쏟게 할 수 있다
내 세 손가락이

귀를 살핀다
콩을 팥이라고 야단법석이니
세간사 잠재우기도 하는
내 세 손가락은

코를 살핀다
처처 곳곳에 향기로 채워
듬뿍 맡을 수 있도록 하는
내 세 손가락은

모습을 살핀다
은하수 파란별만큼
빛나는 희망을 줄 수 있는
내 세 손가락은

겨울의 터널은 아득하지만
동백꽃 꽃망울 터지고
매화 소식 전하며 편지를 띄우는
내 세 손가락은

꼼지락꼼지락 작은 힘으로
무한의 세상을 들어 올리고 그려낸다
조화롭고 넉넉한 세상을 내 세 손가락이.

웃음꽃 내리는 밤

막내딸 시집가는 날
상객으로 가셨다가
되돌아오시는 길

쏟아지는 눈물 때문에
정류장 읍내까지 미처 못 가시고
십 리 넘는 사잇길에
그만 내려 버린 우리 아버지

멀어도 그 길이 편해서
누가 볼까 봐
실컷 울려고

숱한 세월 지났는데
이제야 딱 생각이 난다
오빠, 오늘 아버지 기일인데
못 가네요

귀뚜라미 슬피 우는 시월의 밤
아버지 되돌아가는 하늘가엔
별빛과 함께 웃음꽃이 넘쳐 내린다.

그때가 그립다

봄철 진달래꽃 필 무렵
별빛 쏟아져 내리는 개천가
종다리 소리 아름답게 들리고

밤이 되면 소쩍새 소리
들으며 잠을 청하고

여름이면 떼 지어 나온
개구리의 아우성
가갸거겨 읽는 소리가
잠을 설치게 하네

가을이면 휘영청 달 밝은 밤
줄지어 나는 기러기 떼 소리
겨울이면 문풍지 떠는소리 들으며
독서삼매에 빠졌던
그때가 왜 그리 좋았던지

엄마는 아서라

콧바람 쐬면 감기 들어
문틈의 작은 바람이 더 무섭다
이제 좀 자라

엄마의 낮고도 부드러운 목소리에
문풍지 떠는소리가 그립다.

우리는 친구

시는 가끔
잠을 청할 때
수면제

기억 저편을 몰고 오는
타임머신

눈과 마음을 세척해주는
청량제

내 손안에 삼라만상이
깃들어 우주가 놓인다

내 노후를 윤택하게 하는
생생(生生) 친구

아직도 청춘인
내 문학의 나이는 18세

한 편 한 편 쌓이면 모두가
귀하게 여기는 자식처럼
소중한 재산

인생을 지탱해 주는
희로애락의 주인공

희망과 청춘 미소와 사랑이
꿈의 향연으로
날마다 서로 초대를 한다.

가보 1호

새들이 남기고 간 빈방
내게 소중한 빨간색 네모 상자

그 속에 으뜸은
늦둥이의 수능 일 등급 성적표
큰딸의 세계도덕재무장(MRA) 한국본부상
셋째와 늦둥이의 수학경시상

그 중 더 으뜸은
큰딸의 팔씨름 대회 1등상
선생님은 팔 자를 뺀 씨름대회로 표기
둘째 딸은 매사에 탁월하고 고상한 학생을
고상한 여성으로 표시

사랑 듬뿍 주시던 선생님들
모두 연만하셔서 어디 계시며
편안하신지

첫 사위 맞이한 날
우등상은 빼고 씨름대회 상장 보여주면서

정담을 나눈다

남은 건 빈 도시락 10개
책상 4개, 형광등 4개
빈방의 책들만큼 그리움도 가득.

땅끝 마을 저녁 풍경

이런저런 숨찬
팍팍한 도시를 떠나 보자
전화 소리 들리지 않는 남쪽으로

기다린 듯 서쪽 하늘을
불 지펴 뉘엿뉘엿 숨는 해

북녘 하늘을 나는
끼룩끼룩 기러기 떼 나는 한적한 동네
산기슭 말갛게 핀 연보라 쑥부쟁이꽃

스산한 바람에
와르르 진저리치는 은행나무
찌르르 구슬픈 여치의 울음

산봉우리에 맑고 푸른 달빛이
살결 속에 스며든다

숨죽이는 깊은 마을
뚝뚝 적막은 더 내리고.

제5부

괜스레 고마운 날인가 싶더니

구름에 숨었다가 나왔다 가는 해님
녹작지근한 야옹이는 늘어지게 하품하며
햇빛과 가만가만 놀고

행복은

식구들의 밥 먹는 소리
책 읽는 소리는 천상의 합주

아이들의 재롱에 퍼포먼스를 날리고
친구의 고향 소식에 그리움 실어 나르네

화려한 꽃들의 유혹도 좋으련만
외진 곳 숨어 핀 풀꽃과
납작 앉은 민들레의 묻어나는 정(情)

차 한 잔에 명상을 하며
나를 바로 보는 충만한 시간

많이 갖고 목말라 사는 것보다
일상의 작은 것에 만족하는
내가 되어 좋은 지금

하고 싶은 일을 하면서 사니
더욱더 편한 현재(現在)
행복은 가까이에서 내가 만들어 간다.

옥상에서

잠시 소음을
잊을 수 있는 옥상

휘감아주는 바람에
말갛게 몸을 푼다

옹기종기 모인 장독대 옆으로
고추와 토마토가 가을을 조잘댄다

납작 엎드린 지붕 사이로
몽땅 숨어버린 삶의 군상

먼 하늘 비행기마저
물고기 되어 느릿느릿

갑자기 솟은 나
세상도 마음도 고요하구나

이따금 이러고 싶을 때
옥상에서의 작은 행복.

가재울 물길 따라

이삿짐을 정리하고
새로운 동네 지리를 익힐 겸
목적지 공방을 찾아
재래시장을 간다

시장 가득 가을 채소가
냄새를 토해내고
오늘 저녁은 딸네들과
호박잎 쌈 파티를 해야겠네

되돌아오는 길은
이름도 예쁜 가재울 당현천
신발을 벗어들고 개울 물길 따라 걷는다

몽돌이 간지럽게 말을 건넨다
빛과 공기와 가을꽃도 함께

새로운 동네 여기도
사는 것은 별반 다름없어
잘살아가라고.

하품

사소한 동작이
작품을 만든다

아이는 책을 읽으며
하품을 하고

할아버지는
꿈나무를 바라보며
하품을 하신다

코로나에 막혀
등교가 없는 아침

출근하는 어미가 보내온
할아버지와 손자가
번갈아 하품하는 사진

깊을 대로 깊어진 우리의 수심
한 장의 명작 사진에서
희망을 불러 모은다.

괜스레 고마운 날인가 싶더니

구름에 숨었다가 나왔다 가는 해님
녹작지근한 야옹이는 늘어지게 하품하며
햇빛과 가만가만 놀고

산새들 숲을 깨워 산바람 타고
내려오는 잣나무 향기

간지럼 태우는 살랑바람은
기어코 연꽃 봉오리 틔운다

작은 연못 위 약수터
물소리 똑똑 들으며
진흙 속에서 피어난
청정한 연꽃의 삶을 들여다보면서

숨길 수 없는 입꼬리가 올라가
그만 내 마음 들켜버렸다
내게도 저런 삶을

괜히 아침부터 기분 좋고
고마운 날인가 싶더니

고요가 흐르는 한낮의 절 마당
신비스러운 자연의 향기로움을 안으며
말 없는 가르침을 배우려고 그랬나 봐.

수은등과 나뭇잎

엄동이 매서운데
안개비 오는 까닭은

베란다 창문 아래
밤을 지키며 조우는
수은등 위에

용케 내려앉은 나뭇잎 하나
가만가만 내리는 비에
찰싹 붙어 묘하다

갈 곳 놓치고
상처와 눈물로 떠돌다가
수은등 불빛 찾아
비와 함께 젖은 인연

오늘 밤 일생이 끝이 되려나
우는 듯 내리는 안개비
수은등과 나뭇잎의 야릇한 만남.

다인 보살

가을 하늘이 맑고 높으니
석왕사 염불 소리에
여유로움이 실려 오네

법당에 차 공양하는
다인 보살의 모시 옷자락이
학의 깃처럼
풍경소리에 나부끼네

공양간 봉사 끝나고
다인 차 방에 모여 앉아
다인 보살이 끓여 주는
차향에 취해

보살 모두가
진아의 꽃이 되네!

연꽃처럼

약수터
물소리 또르르

작은 연못에
연꽃 두 송이

저 물 받아
내 마음 구석구석
닦아 내어

처염상정(處染常淨) 연꽃처럼
피워야지

밤하늘 둥근 달이 휘영청
밤새들은 지지지(知知知)

한없이 떠안고 싶은
산사의 깊은 밤!

별 다방 미스 리

인사동 문화거리
추억을 전해주는 정겨운 간판

그리운 임과 마주하는
그 시절의 옛사랑
잊었던 팝송이 입가를 맴돌고

그 옛날 보릿고개 시절은

나 하나 희생해서
부모 형제 봉양하던 힘겹고 거친 삶

이제는 광화문 울음까지
잠재우고 정을 주며
미소 짓는 단발머리 아가씨

창가에 이야기꽃 다락방엔 웃음꽃

도시의 빌딩 속으로
복고 바람이 번져 나간다.

산사 음악회

때는 초여름
무대는 편편한 잣나무숲 속
산바람이 홀린다

조명은 이파리 사이 비쳐드는 빛 조각
출연자는 촉새 소쩍새 뻐꾸기의 소프라노
악단은 잘 난 척하는 개구리

온도는 산바람 중의 쾌적한 실바람
관객은 반가좌부로 명상에 든 사람들

관객 따라 잠잠한 개구리
톡톡 튀는 촉새는 어지간히 눈치 없고

아니나 다를까
다시금 들려오는 개구리 악단 소리

좀처럼 막을 내리지 않을
자연의 산사 음악회는 연중무휴.

내 보라고 쓰였나

그림자를 잡아 바람에 매달고
메아리를 묶어서 허공에 매단다

향기 머금은 저 주옥(珠玉)의 말
모두 내 보라고 쓴 것 같네

보아도 보라하고
새기고 또 새겨 본다

이제야 다가오는 이 길에 서서
얼마나 닦으면 거울 마음 되는지
얼마나 비우면 한가롭게 되는지
알면서 실천 못 하는 바보의 행진

거리엔 꽃 등불이 흔들리는데
무명일랑 거두어 내고
마음의 등불을 밝혀

한 아름 고요를 떠안고
머물러야 할 지금.

산사의 초저녁

어지간히 조잘대더니
산 까치 졸음 속으로
빠져 버리고

고요한 잣나무 숲속
외로운 석등

물결처럼 흐르는
새털구름 사이
조각배로 떠 있는
초저녁 초승달

바람은 한 아름
숲에서 머무는데

가랑잎은 벌써
바스락
뎅 구렁.

겨울 산행

겨울 산행은 보약
적당한 체온으로 오르니
하늘이 열리고 마음도 열리는 듯

자연이 빚어낸 설경
신령스러운 하얀 산
날카로운 봉우리는 눈에 덮여
신선처럼 다가와서 산객을 맞이한다

길이 어딘지 모르고
매번 뒤따르던 발걸음이
오늘은 한눈에 들어오고

오묘한 삼라만상의 움직임을
깨닫게 하는 산행

부딪히는 삶 어깃장의 분별심이
사라지고 없는 평등한 겨울 산을
배낭에 꾹꾹 채울 수 있을는지.

태양은 매일 뜬다

태양이 뜨면 온 세상이 밝아
새들이 즐거워 노래하면
숲에선 나무도 따라 웃고

내가 좋아하는 꽃만 아닌
우리 마음은 모두의 꽃밭

원하는 꽃만 핀다면
마음 꽃은 꽃밭이 아닐 테지

수많은 사람끼리 모여 사는 이 세상
한 사람도 놓칠 수는 없어

가시가 돋은 이, 키 작은 이, 예쁜 이, 못난 이
모든 꽃을 장엄하는 화엄의 세계로
이것은 우리 본래의 마음 꽃이거늘

꽃을 들고 빙그레 웃는 성자의 미소
태양은 오늘도 온 세상을 비춘다.

거리는 멀어도 마음만은

한 번쯤 생각해 보는 요즘
정체 없는 이기심과 분열이
마스크로 입을 막지 않았나

아침이 밝아 오듯
비전 있는 대화에 초점을 맞추고
지나친 욕심은 내려 보기도

갈팡질팡 떠돌이 신세가 웬 말
평범해 보이지만 한 걸음씩
참사랑에 귀 기울이면
마스크쯤이야

거리는 멀어도
용기 잃지 말고 씩씩하게
그늘 목 아래 앉아

도담도담 이야기 나누며
쉬어 갔으면.

그대 아는가

구석진데 안 보여도
향기 뿜는 봄꽃처럼

사람 중의 사람
참 괜찮은 사람

모든 정성 쏟고도
언제나 그 자리는 무심

당신은 길섶에 핀
들꽃처럼 산다 해도
타고난 선근(善根)이
별빛 아우라로 다가온다

소명의 씨앗인가
사랑의 심장 매 찬 솜씨로
무언의 수를 놓아
귀감이 된 효부상

한 가정을 뚝딱
일으켜 세운 해결사
내가 부르는 그대의 닉네임은 요술방망이

이 아름다운 인간극장의 주인공은
향기 나는 여인
꽃보다 아름다운 나의 올케언니
그대 이제는 좀 아는지.

때로는

때로는 한가로이 집에서
벙어리처럼 침묵하며
혼자 즐기는 내가 되고

때로는 사람들과 만나
마음껏 담소를 나누며
풍류도 즐길 줄 아는 내가 되고

때로는 사슴처럼 맑은 눈으로
사실을 파악할 줄 아는 내가 되고

때로는 그것이 사실인지 아닌지
숙고를 하면서 육신의 다섯 기관을
또렷이 키워나간다면

우주는 나의 집
풍요로움이 있을 거야.

일상에서 캐는 축복의 抒情 詩學

– 안순식 시집 『엄마의 웨딩드레스』

張 鉉 景
(시인, 문학평론가)

일상에서 캐는 축복의 抒情 詩學

- 안순식 시집 『엄마의 웨딩드레스』

張 鉉 景
(시인, 문학평론가)

1. 글머리에

단풍 따라왔던 가을 삭풍에 사라지고, 앙상한 나뭇가지 위에
는 차가운 별이 반짝반짝. 문설주를 넘어선 찬 바람에 창을 여
니, 소복이 쌓이는 시린 쌀가루. 별들이 눈발로 흩날리는 밤에
골목이 하얗게 덮이면, 화롯불에 구워 먹던 군고구마를 그리며
안순식 시인의 시 세계에 젖어본다.

초선(初蟬) 시인의 시에는 따뜻한 인간적 체취가 물씬 배어 있
다. 그리고 매우 진솔한 성품을 소유하고 있어 작품에 대한 시
적 개성을 유감없이 발휘하고 있다. 하이데거의 글을 빌리면 우
리가 사는 세계는 공동세계이며 다른 사람과 함께 활동한다는
것이다. 이렇게 더불어 사는 것을 인간의 특성이라고 지적하고

있다. 초선 시인은 세계의 사물과 자연 등에 대한 섬세한 성찰을 통해 그것을 시화(詩化)하고 있다. 눈으로 보고 가슴으로 읽고 카메라 렌즈는 물론 종교 언어도 탐색하여서인지 시가 읽을수록 마음을 따뜻하게 하고 있다.

　시인이 이야기하는 김해 진영 인근에는 듣기만 해도 신라시대 고찰(古刹)을 연상시키는 우곡사(牛谷寺)와 가야인의 불국토에 대한 염원이 서려 있는 여래 못을 품은 금병공원이 있다. 시인은 유교 정신이 깃든 집안으로 순흥안씨 집성촌을 이루고 있으며 조상을 그리는 영수당이 있어, 그리운 고향을 상기시키는 이 시집은 독자에게 연민의 상상력을 보이고 아름다움을 지닌 사물에는 존재론적 의미를 부여하고 있다.

2. 일상에서 얻은 성찰(省察)의 메시지

바람이 불 때마다
조마했던 마음
어째 잘 갔나 했더니

눈부신 벚꽃 순백의 목련을
앙큼하게 남겨놓은 상처
잊은 듯 무심하게
지내면 될 테지

넉장거리로 몰고 온
생뚱한 시샘
잔인한 돌풍까지 동반

라일락 모란은 어떡하라고
파르르 떨고 있는 연둣빛 꽃잎

--「꽃샘추위」部分

초선(初撰)의 「꽃샘추위」는 이른 봄에 눈부시게 피는 순백의
꽃들이 화사하게 피어나는 과정이 한겨울보다도 더 차가운 봄
날의 추위를 거치고 나서야 핀다는 것을 일깨워 알리는 시이다.
그러니까 상반되는 세태 추이를 보이면서 봄에 일찍이 피는 아
름다운 꽃들이 꽃샘추위라는 호된 홍역을 치르고서야 헤집고
나온다는 것을 깨우치게 된다는 것이다. 자연이건 인간이건 뛰
어나게 존재하는 것은 그만한 어려운 과정을 치르고 나온다는
자연의 이치에 견준 교훈 시 같은 작품이다.

망 개울 너머
뭉게구름 흘러오고
살랑거리는 봄바람에
꼬물거리는 아지랑이

여전히 경쾌한 종달새 노래

멀리서 한낮의 암탉이
호들갑 떨며 알 낳는 소리

산그늘 내려앉는 동산 아래
살가운 햇살
새롭게 다가오는
영수당 재실의 의연함에
떠오르는 선대의 얼굴들

고스란히 느껴지는 고향의 봄은
예로부터 어머니의 포근한 얼굴

--「고향의 봄」部分

　누구나 고향을 그리며 그 추억을 잊지 못한다. 고향을 자주 찾
지 못하는 것이 오늘을 사는 우리의 현실이다. 화자는 고희(古
稀)가 지나 그리움을 안고 고향으로 달려갔지만, 옛집은 간 곳
없고 뛰어놀던 친구들은 간데없는데, 뭉게구름과 봄바람이 살
랑거리며 반긴다고 읊고 있다. 한낮의 닭 우는 소리, 영수당 재
실에서 떠오르는 선대의 얼굴들, 빈집 지키는 동백나무에서 청
량제 같은 그리움을 느끼게 한다. 이런 시인의 마음이 시를 읽
는 이를 타임머신에 태워 고향 마을로 날려 보내 지난 추억으로
들어가게 한다.

　이처럼 외적 체험의 현장에서 시적 성찰로 서정적 시 세계를

형상화하고 있는 초선 시인의 시의 의미를 좀 더 깊이 음미해
보자.

삶의 의미
그것은 오직
바쁘게 살아가는 것

세상사 온갖 걱정
내려놓을 수 있는 한낮의 선율

도닥도닥 창문 두드리는
굵은 빗줄기

부딪힘의 경계를
잠시나마 등지고

느슨히 들어앉아
유연하게 혼자 즐길 수 있는
비 오는 날의 행운

유난히 거친 폭우에
마음은 되려
명상으로 고요해져
훈훈한 시간
나만의 꽃을

피울 수 있어서 좋다.

창밖에 하염없이 비가 내린다. 빗줄기가 대지에 안기고 포도(鋪道)에 뒹굴어 하얀 포말(泡沫)이 시선에 그려져 아쉬움과 우수에 젖게 된다. 자연의 아름다움이나 웅장함보다 바람에 흔들리는 바람 소리에 취해 자신을 돌아보며 빗소리에 번뇌를 씻어내는 명상에 잠기곤 한다. 화자는 틈이 나면 여행지를 떠돌면서 감성에 부딪혀오는 자연의 메시지를 담아 자아 성찰(省察)에서 얻는 표현 기법을 동원하여 삶에 내밀한 감동을 가져다주고 있다.

비가 올 때마다 시인의 시상(詩想)이 내면 깊숙한 곳에서 울려 퍼졌고 스스로 성찰하면서 시적 언어로 예민하게 포착 서술하여 삶의 길을 걷고 있는 것이다. 나아가 빗속의 정서에 취하여 화자(話者)의 사랑을 되새기며 내일을 위해 오늘을 사는 삶의 여로를 그리게 된다.

토닥토닥 가을 빗소리가
나를 잠시 멈추게 한다

창문 캔버스엔 보석같이
물 머금은 투명한 홍시
소쿠리에 담고 싶은 달콤함
새들은 노래하며 쪼아 댄다

작년에 말린 노란 국화차
쌉싸름한 향기를 마시며

선들바람도 소식 들었겠지
오늘은 비가 온다고
방안에 머물며 그윽이 그려내는
이렇게 아름다운 가을을 말이야!

-- 「가을이 자꾸만 5 -가을 빗소리」 部分

　이 시는 밝은 이미지를 중시하는 작품으로 가을 빗소리에 대한 자연 현상적 심상을 사용하여 인간 삶의 모습을 다루고 있다. 빗소리 홍시 국화차 선들바람이 가을 분위기와 어우러져 애상적 쓸쓸함을 노래하고 있으며, 화자의 진솔한 모습은 독자에게 더욱 순수한 연민으로 다가온다.
　즉 인간의 보편적 삶의 모습이 자연의 순리에 따르는 삶과 같다는 것이다. 마치 가을이 되어 비가 오고 바람이 불면 잎이 지는 것처럼 자연의 섭리대로 사랑하고 헤어지고 그리워하는 것이 우리의 삶의 모습이라는 것이다.

가을바람에 하늘거리는
들꽃들의 속삭임

강하면 강한 대로
들꽃처럼

사람도 자연스럽게
드러날 수 있는 사람

달빛에 눈 부신
흐트러짐 없는
본연의 가치

추석 때 덩그러니 뜬 달처럼
나에 대해
본질을 잃지 않으면
절대 싫지 않은 내가 된다

너무도 명백한 진상이
달빛 속으로 빠져드는 밤.

-- 「늦은 밤 달빛 아래서」 全文

　이 한 편의 시를 선시(禪詩)로 읽고자 한다. 반낭만주의 시 운동으로 일상어를 사용하며 습관화된 표현의 거부, 새로운 리듬의 창조 등으로 이미지화하였기 때문이다. 선이란 언어로 표현할 수 없는 불입 문자가 아닌가. 선시 텍스트가 '달빛'인 것을. '본질을 잃지 않으면/ 절대 싫지 않은 내가 된다.' 화자는 그런 것이 인생이라는 것이다. 절대 진실을 노래하는 시가 그런 인생과 얼마나 다르랴 싶은 것이다. 놀랍게도 시인은 '너무도 명백한 진상이/ 달빛 속으로 빠져드는 밤.'을 노래하고 있다.

봄철 진달래꽃 필 무렵
별빛 쏟아져 내리는 개천가
종다리 소리 아름답게 들리고

밤이 되면 소쩍새 소리
들으며 잠을 청하고

여름이면 떼 지어 나온
개구리의 아우성
가갸거겨 읽는 소리가
잠을 설치게 하네

가을이면 휘영청 달 밝은 밤
줄지어 나는 기러기 떼 소리
겨울이면 문풍지 떠는소리 들으며
독서삼매에 빠졌던
그때가 왜 그리 좋았던지

엄마는 아서라
콧바람 쐬면 감기 들어
문틈의 작은 바람이 더 무섭다
이제 좀 자라

엄마의 낮고도 부드러운 목소리에
문풍지 떠는소리가 그립다.

삶은 자연 안에 들어앉아 자연과 한 몸이 되어 자연의 마음으로 느끼며 생각하고 행동하는 것이다. 옛날처럼 인간과 자연이 함께하던 그 시절이 다시 오기를 열망하지만, 그런 날은 쉽게 다가오지 않고 있으며 어둠이 밤마다 찾아오듯이 추억과 그리움이 자연의 길조를 예고하듯 찾아오고 있다.

'봄철 진달래꽃 필 무렵/ 별빛 쏟아져 내리는 개천가/ 종다리 소리 아름답게 들리고// 가을이면 휘영청 달 밝은 밤/ 줄지어 나는 기러기 떼 소리/ 겨울이면 문풍지 떠는소리 들으며/ 독서 삼매에 빠졌던' 화자는 자연을 향한 역동적인 표현을 이끌어내는 일에 힘을 더해주고 있음을 본다. 결국 이 시는 그리움이란 막연한 개념을 작품 속에서, 이렇게 끈질기며 죽이려 해도 사그라지지 않는 속성을 가지고 있다는 주제를 작품으로 승화시켜 놓은 것이다.

시는 가끔
잠을 청할 때
수면제

기억 저편을 몰고 오는
타임머신

눈과 마음을 세척해주는
청량제

내 손안에 삼라만상이
깃들어 우주가 놓인다

내 노후를 윤택하게 하는
생생(生生) 친구

아직도 청춘인
내 문학의 나이는 18세

-- 「우리는 친구」部分

안순식은 모든 사람을 시인이게 하는 시인이다. 자신의 직업을 시인으로 여기고 있고 즐거운 마음으로 작품 활동을 하고 있다. 시인의 사명이란 어디까지나 인간에 대한 인문주의적 사랑에 이르도록 구도자적 이미지를 가져야 한다고 인식하고 있는 것 같다. 그녀가 희망적인 시를 써서 발표하는 것은 무언가 끊임없이 삶을 향해 시적 창작의 필요성을 느꼈기 때문일 것이다. 아름다운 시적 묘사는 그 속에 행복의 길이 존재하기 때문이다.

「우리는 친구」에서 표출되고 있는 자의식은 멋스럽다. 시인은 가끔 배고플 때 후루룩 먹어 치우는 설렁탕 한 그릇과 시집 한 권의 값이 비슷하다는 것은 모순이라고 항변하고 있다. 화자는 한 편의 시에 이 시대에 꼭 필요한 메시지를 함축하여 진리

적 깨달음을 내포한 시를 쓰고 있다고 단정하고 있다. 시는 가
끔 수면제 역할을 하고, 타임머신을 통해 오래된 기억을 재생시
켜주고, 눈을 아름답게 해주는 청량제 역할도 하고 우주를 내
손 안에 담아보기도 한다. 때로는 친구나 연인이 되어주는 초선
시인의 문학 나이는 낭랑 18세. 게다가 값만 써 놓았지 정신적
배고픔을 해결해주는, 백 편의 시가 들어 있는 시집 한 권이 공
짜라고 말하고 있다. 그러나 그녀는 공짜라도 좋으니 정체성이
확립된 좋은 시를 많이 썼으면 좋겠다고 한다.

식구들의 밥 먹는 소리
책 읽는 소리는 천상의 합주

아이들의 재롱과 질문에 퍼포먼스를 날리며
종종 들려오는 친구의 고향 소식에
그리움 실어 나르며

화려한 꽃들의 유혹도 좋으련만
외진 곳 숨어 핀 풀꽃과
납작 앉은 민들레의 묻어나는 정

차 한 잔에 명상을 하며
나를 바로 보는 충만한 시간

많이 갖고 목말라 사는 것보다
일상의 작은 것에 만족하는

내가 되어 좋은 지금

하고 싶은 일을 하면서 사니
더욱더 편한 현재(現在)
행복은 가까이에서 내가 만들어 간다.

-- 「행복은」 全文

초선 시인이 인용한 행복은 자신을 상징하고 있는 동시에 온 생애를 두고 화자가 만나는 행복한 모습을 형상화하고 있다. 그런 점에서 시인의 작품 방향을 조금은 이해할 수 있을 것 같다.

시인이 즐겨 찾는 곳에는 자신만이 느끼는 기쁨과 은밀한 행복이 있다. 그곳은 춤추는 홀도 아니고 조명 불빛 아래 비틀거리는 술집도 아니다. 달그락거리며 식구들과 밥 먹는 소리, 낭랑하게 글 읽는 소리 들리는 집에서 차 한 잔으로 명상을 하며 여유로운 시간을 갖는 것이다. '많이 갖고 목말라 사는 것보다/ 일상의 작은 것에 만족하는/ 내가 되어 좋은 지금'에서 많은 사람을 깨우치게 하는 불자로서 '행복은 가까이에서 내가 만들어'가고 싶다는 정신적 의지가 작품 속에서 표현되고 있어 절창의 작품을 탄생시키는 기대를 하게 된다.

3. 맺음말

초선의 다양한 원고를 읽으면서 작가의 의식이나 가치관에 대한 소명 의식과 우월적 자부심을 느낄 수 있었다. 대다수 시인은 체험적 사건들이나 사물에 자신의 정서를 투사하면서 거기에 부합되는 성찰(省察)의 메시지를 담아내려고 노력해 왔다. 일상에서 캐는 소재는 평범한 것에서 찾아냈지만 내포(內包)된 진리는 깊다. 화자의 시에는 대체로 절망이나 슬픔, 불만, 허무적 색채들을 찾아보기가 어렵고 자신만의 분명한 시적 주제(主題)가 설정되어 있다.

인생은 단 한 번의 삶의 기회가 있다. 한 번 실패한 삶이라고 해서 한 번 더 기회를 달라고 부처님을 향해 요구할 수는 없다. 단지 살아 있는 동안에 서로 사랑하고 존중하고 베풀면서 행복해지기 위해 기도를 할 수 있다. 이것이 불자 안순식의 깨달음이다. 이 깨달음이 화자(話者)가 시를 사랑하고 시를 읽는 모든 사람을 사랑하는 계기가 되었다. 나아가 안순식 시인은 베풂을 주제로 의미 있는 시를 쓰는 서정(抒情) 시인으로 자리매김하고 있다.

엄마의 웨딩드레스

초판인쇄 2020년 12월 5일 초판발행 2020년 12월 10일

지은이   안순식
펴낸이   장현경   펴낸곳   엘리트출판사
등록일   2013년 2월 22일 제2013-10호

서울특별시 광진구 긴고랑로15길 11 (중곡동)
전화 010-5338-7925
E-mail : wedgus@hanmail.net

정가 11,000원

ISBN 979-11-87573-26-5 03810